HARTMUT RONGE

SAUBLEEDE RATSCHLÄG
OND SCHWÄBISCHE SCHLAUMEIEREIA

SILBERBURG

Hartmut Ronge ist leidenschaftlicher Zitaten-, Wort- und Peinlichkeitensammler, vielseitiger Autor im Bereich Humor & Satire, Sachbuch und Mundart – und schreibt für verschiedene Verlage.
Der passionierte Hausschuh-Hasser, TV-Sportmoderatoren-Verbesserer, Toilettenpapierrollen-Richtigherumhänger, Nasenhaarzupfer und Adventskalender-vorzeitig-Öffner lässt sich schon seit vielen Jahren immer wieder zum 38. Geburtstag gratulieren – das hält jung.
Hartmut Ronge lebt mit seiner Regierung, zwei Kindern und ohne Hund in Stuttgart.

1. Auflage 2021

Umschlaggestaltung: Björn Locke, Nürtingen.
Bildnachweis: S. 15, 31, 39, 51, 59, 69, 81: Freepik;
S. 23, 65: ch.vector/Freepik
Lektorat: Kerstin Jaworski, Steißlingen.
Druck: CPI books, Leck.
Printed in Germany.

ISBN 978-3-8425-2343-2

INHALT

KNITZE TIPPS OND TRICKS
ONÜTZE RATSCHLÄG – ABER AUSSERSCHWÄBISCHE SEN FROH DRÂ!
Seite 5

SCHO GWISST?
SCHWÄBISCHE SCHLAUMEIEREIA – FRISCH RAUSGFONDA!
Seite 43

SAUBLEEDE FRÔGA
WAS WOISS DENN I?! ABER 'S DÄD OIN JA SCHO ENTRESSIERA …
Seite 71

DEES GLAUBSCH DOCH SELBER NET!

Im Schwabenländle gibt es bekanntermaßen viele Käpsele – Dichter, Denker und Erfinder. Um so ein Schlaule zu werden, muss man natürlich gewohnte Denkmuster verlassen, vieles immer wieder hinterfragen, neu denken, querdenken. Denn aller Fortschritt hängt ja von den Mutigen, von den Kreativen, von den Unvernünftigen ab.

Doch es soll auch fantasievolle Schwaben geben, die alles nicht ganz so ernst nehmen, die gerne bewusst mal a bissle übers Ziel hinausschießen, die es lieben Tatsachen zu verdrehen und sich aus Jux und Dollerei mit kuriosen Themen und Inhalten beschäftigen – dann wird es lustig.

Und wenn man diese schrägen Gedanken zusammenträgt, erhält man ein ganzes Buch voll mit unnützen Ratschlägen, kreativen Schlaumeiereien und originellen Fragen, auf die es keine Antwort gibt. Humorvolle Fake-News aus dem Ländle zum Lesen, Staunen und Lachen.

Viel Spaß nun also mit der lustigsten Sammlung schwäbischer Hirnferz!

KNITZE TIPPS OND TRICKS

ONÜTZE RATSCHLÄG –
ABER AUSSERSCHWÄBISCHE
SEN FROH DRÂ!

Brot duad net austrockna,
wemmer 's en ma Oimer
mit Wassr lagert.

JEDER KÂ 'S BESCHDE AUS SICH RAUSHOLA – MR MUASS BLOSS ORGANSCHBENDR WERDA.

REISPORZIONA KLUMPET NET, WEMMER DE KERNER OINZLN KOCHT.

Damit dr Kuachadoig koine Brobleem beim Uffganga hot, sott mrn am Morga zamma mit dr Sonn uffganga lassa.

WENN'S DR KALD ISCH OND DE BIBBERSCH – SETZ DE OIFACH EN A ECKLE. DORT HOTS EMMER NEINZIG GRAD!

Uffgmerkt:
Dr ADAC hilft oim übrigens net,
wemmer en dr Falle liaga blieba isch.

BOMBOS HEBET LÄNGER,
WEMMER SE MIT DR
VERPACKONG SCHLOTZT.

So kâsch Kaloria verbrenna en ma halba Schtündle: Oifach a Fuffzehminudda-Pizza dobblt so lang em Backöfele erhitza – bis se schwarz isch. Nô sen de Kaloria hee.

UFFBASSA OND A BRILL UFFSETZA – DAMIT LIEBE UFF DR ERSCHTE BLIGG NET EMMER GLEI ENS AUG GOHT.

Wemmer a Hautcreme uffträgt, die oin zwanzig Johr jünger macht, sott mer mindeschtens oisazwanzig sei!

Äpflstrudl sen sogar für Nichtschwemmer ogfährlich!

Schbinat schmeckt am beschta, wemmer dr sell kurz vor em Essa durch a Schdiggle Floisch ersetzt.

Tipps für en flacha Ranza:
Emmer bloß flache Sacha essa! Schogglad, Schniddzl oder Pizza!

Bidde obedengt am Nordpol koine blaue Sonnabrilla uffsetza – sonscht könnt mr Eisbära mit Blaubeera verwechsla.

Kloiner Tipp: Wemmer sein Kommpjuter uff dr Boda schdellt, kâ 'r gar nie abstürza!

RUNDSCHREIBA SOTT MR NIA EN ECKIGE OMSCHLÄG VERSCHICKA!

Verbandszeug kâ mr sich spara, wemmer sich sei Kniescheib glei direkt an ma Pflaschterschdoi uffschlägt.

ALDS IEBRICHS BROT DUAD MR AM BESCHTA MIT UFF 'S SCHEISSHÄUSLE NEMMA – NÔ KÂ MR D' WC-ENTE DAMIT FÜDDRA.

Windla braucht mr jetzt bloß no selda wechsla, da kâ mir en ganza Haufa spara – weil en die Denger jetzt viel meh neigoht. Uff dr Packung stoht: bis zehn Kilo!

VORBEUGA ISCH BESSER ALS SICH UFF D' HAXA KOTZA.

's Zemmer bleibt schee saubr ond ohne Staub, wenn de die Wand z'erscht en dr Garda trägsch ond dort erscht die Dübllöchr bohrsch.

FÜR RADLER, DIE EM DONGLA OHNE BELEICHTONG ONDRWEGS SEN, GIBT'S JETZT SCHEE WEIT REFLEKTIERENDE ORGANSPENDE-AUSWEIS. KÂ MR SICH DIREKT AUSSA NÔ AN DR SADDL MACHA.

Mr sott se danach obedengt glei zum Dokter brenga, wenn d' Meebl en dr Wohnung ab ond zua verrückt werdet.

EN WELCHEN MÜLL KOMMT EIGENDLICH DR TEMPERATURABFALL?

DRECKATS GSCHIRR DUAD KOI BISSLE SCHIMMLA, WEMMER 'S GLEI NOCH EM ESSA EN DR TIEFKIAHLTRUH EIFRIERT.

Wenn de môl wiedr a gscheide Uffmerksamkeit brauchsch – oifach mit deim Karra en a Eibahnsträßle neifahra. Nô werdet dir uff oin Schlag en Haufa fremde Leit kräftig wenka.

Kloine Brandlöchr vo Zigaretta kriegt mr am allerbeschta mit ma kloina Nagglscheerle weg.

Wenn vorna d' Zong rausguckt, isch dr Hond wahrscheins a Schdiggle z' kurz.

WENNS INTERNET Z' SCHWER WIRD: OIFACH EBBES RONDERLADA!

Beim Bobfahra dürfet en dr Regl ao Leut mitmacha, die gar net Bob hoißet.

A neus Glühbirnle duad viel heller leuchta, wemmer 's vor em Neischrauba aus dr Packong rausnemmt.

FALLS KETTABRIEF EM BRIEFKASCHDA SEN – NET VERGESSA: D' BRIEF KOMMET ENS ALDBABIER, D' KETTA GHERET EN D' GELBE TONN.

Fischgstank en dr Kich muaß net sei! Dees kâ mr vermeida, wemmer de Schuppaviecher scho oin Daag vorher butzt ond zuabereitet.

DEES MACHT SENN: WENN OIM AMÔL 'S BABIER AUSGOHT – OIFACH KOPIERA!

Onderhaldonga beim Essa funktionieret am beschta, wemmer Makkaroni isst – nô kâ mr durch die Löchr weiterschwätza.

MUASCH DR MERGA: MIT MA NASAFAHRRÄDLE OND MA BUACH UFF DR ABE GANGA, LANGT NET ZOM KLUAGSCHEISSA.

KLOOBABIER HEBT DOBBLD SO LANG, WEMMER 'S UFF BOIDE SEITA BENUTZT.

'S Morgalättle von ma Mâ isch 's eideutige Zoicha, dass dr Akku hondert Brozent uffglada isch.

GSCHIRRSCHBIALMITTL WIRKT AM BESCHTA, WEMMER D' PACKONG VOR EM GEBRAUCH UFFMACHT.

Woher wisset eigendlich Zugvögl, uff welchen ICE se sich hocka miaßet?

A EISBOI ISCH BSONDERS FRISCH, WEMMER'S DR SAU EMMER ERSCHT NÔ AMPUTIERT, WEMMER OIS BRAUCHT.

Wenn de en dr Küch a bissle kochends Wasser iebrig hasch – oifach eifriera! Nô kâsch 's schnell ufftaua, wenn de's brauchsch.

WENN'S OIM KALD ISCH, LANGT'S NET, WEMMER EN D' BADWANN LIAGT. MR SOTT VORHER SCHO AO WARMS WASSR EILAUFA LASSA.

Gfährlich: Wemmer viel z' viele dünne Pfannkuacha isst, muaß mr uffbassa, dass mr net crêpiert!

Em Wendr frieret d' Audoscheiba net zua, wemmer se am Obnd oifach gschwend ausbaut ond en d' Garaasch schdellt.

Getönte Scheiba für die Heilix Blechle griagsch, wenn se mit gebrauchtem Gloobabier eireibsch.

Sott em Fernsäh a Programm komma, wo dr net gfallt – oifach dr Ton ausmacha ond d' Glotzbebbl schließa, bis d' Sendong rom isch.

Wenn oim Kiwis net schmeggat: oifach Zwiebla kaufa – die senn et so grea ond außerdem hebet die länger!

PRAGGDISCH:
FRISCH BRANNTE MANDLA KRIEGT MR BEI JEDEM GESCHEIDA FEUERSCHLUGGR.

Wenn du z'viel Herzrasa hosch, oifach mol gscheid mit em Rasamäher drieber!

FETTFLÄGGA HEBET VIEL LÄNGER, WEMMER SE AB OND ZUA MIT A BISSLE BUDDR EIREIBT.

Empfehlong:
Damit de koine Rotwaifleggа machsch, saufsch am beschta
Bier.

Wemmer abblätternde Farbâschtrich reglmäßig mit drei Doil Soich, zwoi Doil Flüssichdüngr ond oim Doil Achslschwoiß beschbrengt, bildet sich bald druff scho neie Trieb!

MIT MOSCHTRICH (SEMBF) VRSCHMIERTE DIERKLINKA LASSET SICH MIT SCHWARZR SCHUAHCREME MÜAHELOS IEBERSTREICHA.

A Woiza lässt sich no leichtr eischenka, wenn de statt ma Reiskörnle z'erscht a klois Soifaschdiggle ens Gläsle duasch.

STAUBKLUMBA UFF EM ZEMMERBODA KÂ MR AM BESCHTA HERR WERDA, WEMMER SE MIT SCHRAUBA FIXIERT.

Gwisst wie: Oifach dr Nâma mit schwarzem Fada uffs weiße Hemmad sticka. Emmer wenn de's nemme läsa kâsch, sott's en d' Wäsch.

Matratza kâ mr schona, wemmer bloß en leichta Schloof hat.

Falsch parkte Kärra werdet net abgschleppt, wemmer se oifach ans Stoßstängele vom Vordermâ âkettet.

Oifacher Reliwechsel: Brauchsch als Katholik bloß uff a Demonschtratio ganga, nô kâsch ruggzugg zom Proteschtant werda.

Sott beim Wascha d'Wäsch partu net weiß werda, könnt sich's om Buntwäsch handla.

KEKSKRÜML EM BETT DEEN FASCHT NEMME PIEKSA, WEMMER OIMÔL GSCHEID DRUFFSOICHT.

A Stoppuhr kâ mr ganz oinfach selbr macha, indem mr bei ma Weckr d' Badderie entfernt.

GEGGELE BLEIBET BSONDERS LANG FRISCH, WEMMER SE LÄBA LÄSST.

Geldschei, die mr uff em Droddwar fendet, eignet sich subbr drzua, die Lechr em Portmonee zom schdobfa.

ALDE TELEFOBIACHR KÂ MR SUBBR ALS ADRESSBIACHLE NEMMA. OIFACH DIE NÂMA OND ADRESSA VON DENE PERSONA DURCHSCHDREICHA, WO DE NET KENNSCH.

Ab ond zua sott mr seim Bäcker a Päckle Tempo vorbeibrenga – weil der traurige Kerle ja jeden Morga en Hefedoig ganga lassa muaß.

WENN DEI FESCHTPLATTE HEE ISCH, OIN ÂRUF LANGT – OND DR CATERER MACHT DIR WIEDR EN NEUA DISCH MIT SCHEENE KLOINE WURSCHT- OND KÄSBRODSCHEIBA.

Dringende Empfehlong:
's Röckle sott obedengt emmer a guads Schdiggle längr sei wia dr Fada vom Tampo.

Flädermäus onderm Dächle?
Dô hilft bloß a Fläderkätzle!

BLÄTTERDOIG GELINGT EM HERBST AM BESCHTA – OND 'S KOSCHT FASCHT NIX!

Falls de ebber siehsch, der grad an ma Eiswürfl verschdiggt – kuhl bleiba! Geb em oifach gschwend a Gläsle hoiß Wassr zom Drenga ond älles isch wiedr guad.

DAMIT'S BEIM SKI-SCHBRENGA KOINE VERLETZTE GIBT – OIFACH DIE SKI ALLOI SCHBRENGA LASSA.

Koi Zeit zom Duscha oder für a gmiadlichs Wannabad? Wiggl de mit Kreppband ei ond ziah oifach dr Drägg ab.

SCHO GWISST?

EN MA WEINKELLER DERF AO AB OND ZUA MÔL GLACHT WERDA!

Wengerter, die Hilfe brauchet, sottet bei 'ra Weinlese uff gar koin Fall mit Analphabeta schaffa – weil die könnet ja überhaupt net lesa!

Schdrôfzettl fürs Falschparka kâsch oifach vermeida, wenn de d' ganz Zeit deine Scheibawischr uff dr höchschta Stufe saua läsch.

Bevor de deine Fengerneegl schneidesch, môl se rot â mit ma gscheida Nagllagg. Weil rote Neegl kâsch hendrher uff em Badzemmrdebbich viel bessr fenda!

LESEZOICHA EN BÜACHR KÂ MR SICH SCHBARA, WEMMER OIFACH ÄLLE SEITA RAUSREISST, DIE MR SCHO GLÄSA HOT.

Gsälzflegga uff ma Dischduach verschwendet sofort, wemmer a Fässle Tinte driebergiaßt.

Uhra könnet nemme vorganga,
wemmer se oifach emmer hender sich herziaht.

WENN A POLIZIST »PAPIERE« SECHT, OIFACH GLEI MIT »SCHERE« ANTWORTA – SCHO HASCH BEIM SCHNICK-SCHNACK-SCHNUCK GWONNA!

*En Sonnabrand
hat ao seine Schattaseita.*

Au en dr Schual kâ mr ebbes für sei Wohlbefenda do – ond statt era Mathearbeit a Bioarbeit schreiba, weil dees isch gsönder!

WENNS EM BADEZEMMER RUTSCHICH ISCH – OIFACH DR BODA MIT KATZASCHDRAI UFFÜLLA. SO KÂ MR WOCHALANG OFÄLL NOCH EM DUSCHA VERMEIDA.

A weiße Schogglaad
gibt koine braune Flecka!

Dei alds Gloid isch o'modern ond sieht langweilig aus? Durch mehrmâligs Ufflega von ma hoiße Biegleisa lasset sich entressante Effekt erziela.

KÂSCH DEINE NACHBER NET LEIDA?
SCHMEISS ALDE MATRADZA EN
IHRN GARDA OND SCHMIER IHRE
FENSCHDRSCHEIBA VO ENNA MIT
SCHWARZER SCHUACREME EI –
NÔ DENKET SE, 'S HÄB BRENNT.

Floisch macht richtig schee schlank, wenn de jedn Daag a Dreiviertlschtündle mit drei Schweinehaxa schongliersch.

Wenn d' Fischschdääbla fürs Middaagessa z' hart sen: Oifach ufftaua – ond scho sen se woich!

Bloamaschdreiß hebet länger, wemmer se en dr Kiahltruah eifriert.

Milch hebt länger, wemmer se no a Weile en dr Kuah lässt.

Wemmer a bissle uff sein Ranza achtet ond sei Gwicht halda mecht, muaß mr ao mol grilla, wemmer koin Hongr hot!

FENSCHTER DEEN IEBERHAUPT NEMME BESCHLAGA, WEMMER AUS DE RAHMA D' SCHEIBA RAUSDUAD.

Muasch dr merga:
Audoklaua wird omeeglich, wenn de nach em Parka mit ma Schläuchle 's ganze Benzin absaugsch ond en große Plaschdigoimer mit dr romträgsch.

Aluminiumfolie duad net so leicht reißa, wemmer se vor em Gebrauch komplett uff a groß' Brettle naglt.

Muasch dr merga: Wenn de Wasser nach Celsius kochsch ond net nach Fahraheit – nô schbarsch uff oin Schlag ganze 112 Grad!

Schlau muaß mr sei:
Gega Löchr en dr Hos helfet Motta.
Weil Motta fresset Löchr!

JÄGERSCHNITZL SCHMECKT
BSONDERS GUAD, WEMMER DR
JÄGER VORHER MIT PFEFFER
OND SALZ EIREIBT.

Biss' von Giftschlanga sen für
d' Menscha dodaal ogfährlich, wenn
se sich en dr oigene Schwanz beißet.

ZUGGR ISCH DEES GLOMP,
WO EM KAFFEE DES SCHLECHTE
GSCHMÄGGLE GIBT,
WEMMER 'S VRGISST NEIZOMDO.

Wo genau muaß mr eigendlich en ma Kompass
sei Foddo nâkleba?

Nordic Walking
kâ mr ao em Süda macha.

Uffbassa: Computer-Messen sen bloß ebbes für kaddolische Computer!

A GFRIERE VERBRAUCHT EN HAUFA WENIGER SCHDROM, WEMMER DR SCHDEGGR RAUSZIAHT.

Hummus kâ mr selber macha, indem mr en ma feuchta Moor a Schaufl voll Humus aussticht ond dahoim oifach von ra Buchstabasupp no a »m« drzuagibt.

MESSR WERDET WIEDR RICHTIG SCHARF, WEMMER SE MIT TABASCO EIREIBT.

Wenn en Fakir zu ma Dokter kommt, hot'r zu 99 Brozent a Nagelbettentzündong.

Neue Wasserkochr verkalket net so schnell, wemmer sei Wassr oifach weiter em alda kocht.

A Gleichgewicht isch gar net môl so schwer!

LÜMMELTÜTLA DEEN NET PLATZA, WEMMER SE VOR EM SÄX A PAAR MÔL MIT MA NÄDELE ÂSCHTUPFT.

Wemmer sei klois Butzele mit bloß no Troggamilch fiadrd, werdet koine Windla meh vollgschissa – mr brauchts oifach bloß no abstauba.

Wenn de Käs net besonders mâgsch, oifach welchen mit möglichscht große Löchr kaufa. Je größer d' Löchr, desto wenigr Käs!

Dr Ebflkuacha bleibt viel länger frisch, wemmer 'n a bissle später bäckt.

DR BUDDR WIRD IEBERHAUPT NET RANZICH, WENN DE 'N RECHTZEITIG UFFBRAUCHSCH.

Wenn de koin Single meh sei willsch – oifach nâlega. Ond schon bisch koi Alloistehender meh!

Nüss sen für dr Ranza viel bekemmlicher, wemmer vor em Essa d' Schala wegmacht.

Wenn de an Eisamangl leidesch – muasch bloß Kettarauchr werda. Ketta sen en de meischte Fäll aus Eisa.

HÜHNERAUGA SEN EIGENDLICH IEBERHAUPT NET SCHLEMM. WENN SIE AM DEEZ VO HÜHNER VORKOMMET.

Wenn de a gscheide Wurscht han willsch, muasch dr a Weißwurscht kaufa.

BILDER MÂLA EM RÄGA FUNKZIONIERT SUBBR, WEMMER SICH VORHER EN BILDSCHRIM KAUFT.

Glatzköpf krieget wieder volles Haar, wemmer die blanke Schdella mit Haarschbräy eisprüht.

WENN 'S KÄTZLE RALLICH ISCH OND JONGE HAN MECHT, DÄD EVENTUELL ALS PARTNER EN REACHTER MUSKLKATER HELFA.

Wenn de uff em Schiff äbbes kocha willsch – muasch oifach bloß zom Backbord laufa.

Ziaga kâ mr am beschta melga, wenn se grad koin Bock hen.

Radioaktivität kâ mr vermeida, indem mr 's Radio ausschaltet.

LEGEHENNA SEN BSONDERS PRODUKTIV, WENN SIE NET LIAGET, SONDERN EM HOGGA D' OIER MACHET.

Wemmer Pasta uff em Deller hot, sott mr genau die gleich Menge Antipasta essa – weil Plus ond Minus hebt sich uff. So kâ mr ewig sei Gwicht halda!

Liniarichter beim Fuaßball dürfet emmer erscht mitmacha, wenn se a gscheide Fahne hen!

Worom passiert eigendlich emmer bloß grad genau so viel, wia en a Zeidong bassd?

OFTMÔLS KÂ MR SICH DR BSUACH BEIM DOKTOR SPARA – WEIL WEMMER ÂRUAFT, WIRD MR MEISCHT SCHO DIREKT EN DR TELEFONZENTRALE VERBONDA.

Wenn en Gebärdendolmätscher schwitzige Fenger hat – no hat 'r a feuchte Aussprach!

KREISSÄGA GEHN NET HEE, WEMMER AMÔLE A ZEIT LANG GRADAUS SÄGT.

Hoißr Kaffee

macht bsonders guad wach,
wemmer 'n sich direkt ieber
dr Oberschenkl giaßt.

Wenn bei ma Fuaßballspiel d' Mannschafta eiglaufa sen – sott mr se 's nägschte Môl vor em Kicka nemme hoiß duscha lassa.

RENTNER EM RUHESTAND BLEIBET GSENDER, WENN SE SICH AO AB OND ZUA MÔL SETZA DÜRFET.

Wenn dei Wohnung wochalang net butzt isch ond Müll ond Kloider ond Gschirr romflaggt ond älles aussieht wie d' Sau – brauchsch oifach bloß beim Ordnungsamt ârufa, die helfet gern.

SURFER MACHT IHR SPORT AM MEISCHTA SCHBASS, WENN SE A DAUERWELLE HEN.

Wemmer a Armbrust hot – oifach môl a langs Hemd ond dronder en BH âzieha.

EISPICKL KRIEGT MR AM SCHNELLSCHTA MIT MA HOISSA BÜGLEISA WEG.

Wenn nach 'ra Steuererhöhung
koiner meh an sei Lenkrädle kommt –
oifach em Auto des Kläpple zieha ond
des Steuer wieder uff d' alde Höhe eistella.

Damit a Dampfzügle rückwärts fahrt, muaß mr bloß die Brikett vrkehrt rom en dr hoiße Hoizkessl schmeißa.

Rhabarbrgsälz schmeggt no bessr, wemmer statt Rhabarbr Breschtleng nemmt.

WENN DR SEKT Z' TROCKA ISCH – OIFACH A GLÄSLE WASSER DRZUAGIESSA.

Mr kâ en ganza Haufa Benzin schbara,
wemmer sein Karra schiabt.
Ond wemmer sich drbai helfa lässt,
nô gohts sogar no leichtr.

Schweißfiaß kâ mr vermeida,
wemmer 's ao môl mit Löta versuacht.

Kuglschreiber ganget net hee, wemmer ao amôle Würfel schreibt.

Wenn de d' Flöh huschta heersch – am beschta glei zom Tierarzt ganga.

STRICHMÄNNLE AM BESCHTA NET SELBR WEGMACHA – DA SOTT MR Z'ERSCHT EN LINIENRICHTER FRÔGA.

Vegetarischs Essa schmeckt bsonders guad, wemmer drzua a schees Schnidzl isst.

WEMMER EN TROPFENDE HAHN HOT – AM BESCHTA OIFACH AMÔLE DR TIERARZT FRÔGA.

Wenn en Pilz koin Pfifferling wert isch,
könnt sich 's um en Giftpilz handla.

Dr Klang vo neue Lautschbrechr isch wesentlich besser, wemmer se vorher aus dr Verpackong nemmt.

MUSIKER SEN AM GÜNSCHTIGSCHTA, WEMMER IHNE AKKORDLOHN ZAHLT.

Baim verlieret em Herbst schneller ihre Blättr, wemmer gscheid mit dr Laubsäg nachhilft.

WENN DE O'ERWÜNSCHTE BRIEFSENDUNGA KRIAGSCH – PROBIERS OIFACH MÔL MIT EMPFÄNGNISVERHÜADONG.

Nazis wird mr am beschta los, wemmer se en a Heilanstalt schdeggt.

Damit mr em Notfall bremsa kâ, sott mr zur Sicherheit em Audo emmer en Âhalter mit dabeihan.

D' Seegl sott mr erscht schdreicha,
wenn dr Rescht vom Schiffle
scho bemôlt isch.

WENN DE JEDN DAAG GLEITENDE
ARBEITSZEITA HAN WILLSCH -
NO MUASCH UFF JEDEN FALL
SKILEHRER WERDA.

**Wemmer net gnuag Geld hot, um
sich en kloina Piepmatz zom kaufa, kâ mr
sich emmer no en Raubvogl bsorga.**

TIPP FIR LODDOSCHBIELER:
DAMIT DE BEI JEDER
ZIEHONG GWENNSCH,
MUASCH OIFACH BLOSS
ZAHNARZT WERDA!

Saufbold sen uff dr sichera Seit,
wenn se bei de anonyme Alkoholikr sen.
Nô können se nämlich als Autofahrer
bei 'ra Polizeikontroll uff koin Fall dr
Führerschai verliera.

Kuglschreiber könnet fascht älles uff Papier brenga – net bloß des Wörtle Kugel. Oifach môl traua ond ausprobiera!

Om Ferngläser zom fülla, sott mr sich uff jedn Fall Fernflascha bsorga.

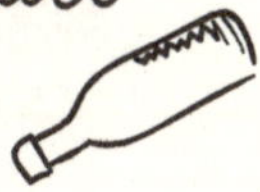

Putzfraua sott mr net glei entlassa, wenn se ab ond zua äbbes abstaubet.

FESCHTPLADDA OND ANDRE DATEIA LÖSCHT MR AM SCHNELLSCHTA, WEMMER 112 ÂRUFT OND DIE VON DR FEUERWEHR DEES MACHA LÄSST.

Kloine Kendr könnet sich ihre Pfota net an dr hoißa Herdplatta verbrenna, wemmer a Lagerfeuerle macht.

REIZWÄSCH' KÂ MR SUBBR SELBER HERSTELLA, INDEM MR OIFACH EN A ALDE ONDERHOS A PÄCKLE JUCKPULVER NEISTREUT.

Gebäudereiniger müsset scho morgends om Sechse putzmunter sei!

Wenn de äbber a Weile nemme seha willsch – brauchsch em oifach bloß a Geld leiha.

WEMMER SICH AUS EM STAUB MACHA MECHT, SOTT MR NET EN D' SAHARA GANGA.

Tierfraind könnet Fliega am beschta retta, wenn se ihne aus dr Patsche helfet.

WENN DR BEIM TEETRENKA 'S AUG WEHDUAD – OIFACH MÔL DR LEFFL AUS DR TASS NEHMA.

Antifaltacreme wirkt am beschta, wemmer se dick uff dr Schbiagl uffträgt.

Hör uff
zom Jammra,

wenn de em Läba
z' kurz kommsch –
weil dafür gohts

ja andre
besser!

**30-Grad-Wäsch uff gar koin Fall
bei 20 Grad uff d' Wäscheloin hänga –
da fehlet noch 10 Grad!**

*Wemmer zum a Supp essa
koin Löffl dahoim hot –
dr Meischtr Lampe am Hasa-
schdall kâ dir sichr aushelfa.*

Wenn de wissa willsch, wo des
ganze Ogeziefer en dr Wohnong isch –
brauchsch bloß zu ma kloina
Lausbua ganga.

**SUBBER TIPP
GEGA KALORIA:
AM MEISCHTA NEMMT
MR BEIM TELEFONIERA AB!**

**Wenn em Kochbiachle schtoht:
»Man reibe drei Tage alte Brötchen«,
sott mr sich net wondra, wenn nach
drei Dääg en Haufa Oimer voll mit
Semmlbreesl em Zemmer schtandet.**

KOCHSALZ SCHMEGGT BSONDERS GUAD, WEMMER 'S MIDDA ÜBER A GSCHEIDS FILETSTEAK-SCHDIGGLE DRIEBERSTREUT.

Rotwaiflegga em Dischduach werdet osichtbar, wemmer des ganze Dischdiachle mit Rotwai eifärbt.

Wemmer sich für en Karra entressiert, sott mr en ma Schaltjahr uff gar koin Fall a Heilix Blechle mit Audomatik kaufa.

Mr kâ en Haufa Staubbeutl schbara, wemmer dr Saugr oifach emmer ohne die bleede deire Dengr laufa lässt.

'S WASSR EN DR KLOSCHBÜLONG HEBT EWIG, WEMMER MIDDA UFF DR AGGR SCHEISST.

**Schdrempf krieget koine Löchr,
wemmer regelmäßig barfuaß lauft.**

*Wemmer erkältet isch,
sott mr uff gar koin Fall
a Anstecknadl traga!*

Kerza hebet länger,
wemmer se nach em Âzünda
glei wieder ausmacht.

KIRSCHAESSA KÂ KRANK MACHA
OND DR MAGA VERSCHDOPFA,
WEMMER NET VORHER DR BAUM
VON DE KIRSCHA ENTFERNT.

HONDERT BROZEND
VON ÄLLE KATZA UFF DR WELT
SEN WEIBLICH.

SCHO GWISST?

SCHWÄBISCHE SCHLAUMEIEREIA – FRISCH RAUSGFONDA!

Große Menscha lieget emmer bsonders lang em Bett.

Schönheitschirurga verdienet ihrn Läbensonderhalt vor ällem au mit Grimassaschneida.

Dr Napoleon hot d' Völkrschlacht bei Leipzig bloß deshalb verlora, weil 'r uff dr falscha Seit kämpft hot.

A WEISSWURSCHT WOISS AU NET MEEH WIE A BRATWURSCHT!

Frisör sen koine Tierquäler, bloß weil se ab und zu amôle a Pony schneidet.

MANCHE SCHWIMMER HEN A CHLORREICHS LÄBA HENDER SICH.

Au von ra Kuah kâ mr âgschtiert werda.

En Vorschlaghammer hot ieberhaupt
koine Ideea ond kâ au gar net schwätza!

EN MANCHE STÄDT SCHTANDET
DIE HÄUSR SO ENG BEIANANDR,
DASS MR GAR NET VORBEI-
KÖNNT, WENN KOINE WEG
DAZWISCHA WÄRET.

Abodeegr nehmet umso meeh ei,
je meeh Patienta äbbes einehmet.

Krebsweible sen en
dr Paarungszeit brudal
krebserregend.

En Gaul könnt nie en Schneider werda,
weil 'r laufend 's Fuadr ufffrisst.

BSONDERS LANGSAM FLIEGENDE
AMSLA SEN WAHRSCHEINS DROSSLT.

Medizinbäll machet net xond,
wemmer se schluggd.

Rundfunk kâ mr au aus em rechteckicha Radio heera.

En dr Schprechschtond sott mr scho ab ond zua au amôl dr Dokter zu Wort komma lassa.

Boxer könnet uff oin Schlag reich werda.

DR QUADRATKILOMETR HOT SICH SCHO KURZ NACH SEINER ERFENDONG RUGGZUGG IEBER D' GANZE WELT VERDOILT GHET.

Zwar gibt's en Haufa Raufbold – aber koine Runterbold.

FLUTLICHT KÂ MR AU BEI EBBE EISCHALDA.

Ehen sen die Hauptursach
von älle Scheidonga.

HAMBURGER SEN BEI KANNIBALA
AU NET BELIEBTER ALS
KÖLNER ODER MÜNCHNER.

**Dr Niagara-Fall isch bis heut
no emmer net glöst worda!**

MODE ISCH
DIE TEUERSCHTE
SCHDOFFWECHSLKRANKHEIT.

Dees brengt ieberhaupt nix ond
wird net bessr, wenn dr Chef en langsama
Mitarbeitr zur Schnegge macht.

*Dr schwedische Keenich
verbrengt die meischte
Zeit dahoim hender
schwedische Gardina.*

Älle Mütter hen
mindeschtens oi Kend!

*Bluatschpenda
kommet emmer von Herza!*

**D' Sixtinische Kapell en Rom
kâ net oi oinzigs gscheids Lied schbiela!**

EGOISCHTA HEN AU GUADE
SEITA - WEIL DIE SCHWÄTZET
NET IEBER ANDRE!

Alde Rosa sen emmer
no scheener als Neurosa.

BAURA BRAUCHET
ZOM BSCHDELLA VON
IHRE FELDER IEBERHAUPT
KOINE KATALOG!

**Aftershave isch eigendlich
bloß fürs Gsicht!**

Feuerwerkr könnet oheimlich verknallt sei.

MA SCHNEEMÂ LAUFT'S
EISKALT IEBER DR BUGGL,
WENN D' SONN RAUSKOMMT.

Gott sieht älles – aber der petzt net!

EMMER WENN DIE RITTERSLEUT ENS BETT GANGA SEN, HOT'S A GROSSE ENTRÜSCHTONG GÄBA.

Frische Wegga kâ mr net âruafa, wenn se belegt sen!

En Hauptdarsteller sott obendengt scho au über Rumpf ond Gliedmaßa verfüga.

Au Vegetarier beißet äußerst ogern ens Gras.

Schauergschichta
kâ mr au bei Sonnaschei läsa.

AU SEXMUFFL HEN AB OND ZUA GROSSE ERFOLG – NÄMLICH BEIM ÂMACHA VON LÄMPLA.

Hondert Brozend von de Löwa sen koine Tigr!

Marienkäfr müsset net abschteiga, wenn se z' wenig Punkte hen.

Fallschirmschbrenger machet nach dr Landung en ziemlich ronderkommena Eidruck.

PLATZANGSCHT ISCH A WEITVERBREITETE BERUFSKRANKHEIT VON DE LUFTBALLO-VERKAIFER.

Au Vegetarier
beißet äußerst
ogern ens Gras.

Älle Chirurga sen Uffschneider –
aber net älle Uffschneider sen Chirurga.

*En England kriegt
mr für a Pfond Trauba –
aber für a Kilo net
amôl a oinzige Zibeb!*

**Hühnerleitr isch net die Bezeichnong
vom Chef von ra Gflügelfarm.**

'S ISCH IEBERHAUPT NET
NETT GMOINT, WENN OIM EN
FOLTRKNECHT DIE DAUMA DRUGGD.

Wassr gfriert bei null Grad Celsius –
au wenn's draußa no so hoiß isch!

SCHLECHTE FERNSÄHSERIA
HEN OFT SCHLIMME FOLGA.

**Aus Kraftschdoff kâ
mr koine Klamotta näha.**

**Au wemmer nachtragend isch,
muaß mr ieberhaupt nix schleppa!**

EN DR KLASSALOTTERIE
GEWNNET MEISCHT BLOSS
OINZLNE ÄBBES - ABER
NIE GANZE KLASSA.

A Eselsbrügge isch
koin Zahnersatz für a Maultier.

*Au en Eckkneipa
kâ's ziemlich
rundganga.*

**Schnarcha isch ganz oifach –
dees kâ mr em Schlôf.**

'S GIBT FASCHT KOIN MUSIKR,
DER BLOSS BANKNOTA LÄSA KÂ.

Leut, die vom Hand en dr Mund läbet,
hen saumäßige Problem beim Suppe Essa.

Fraua könnet jedes Gheimnis fier sich bhalda, wenn se net wisset, dass 's ois isch!

FLORISTINNA NEIGET LEICHT ZOM NARZISSMUS.

Uff alde Foddo sieht mr viel jüngr aus!

's Uffzieha von Kender isch gar net so oifach, wemmer dr Schlüssl verlegt hot.

En Globus isch koi Scheißhaus uff Räder.

EN MA FREUDAHAUS KÂ'S AU VERDAMMT VIEL ÄRGER GÄBA.

En Gärtner woiß ganz genau, was em jedn Daag bliaht.

Beim Feuerlöscha isch 's Wassr mindeschtens genauso wichtig wia 's Feuer.

FEUERWEHRLEIT WERDET FÜR SCHBRITZTOURA RECHT GUAD ZAHLT.

Mit Tote kâ mr schwätza. Bloß die antwortet net!

UFF OIN AUSGEBILDETA ARZT KOMMET ZEHN EIGEBILDETE KRANKE.

Selbst Frisör sen bei Pechschträhna völlich machtlos!

Weihnachta fällt meischtens uff en Vierazwanzigschta.

Finish isch gar net Finnisch, sondern Englisch.

Dr Biss von bloß oim oinziga Gaul kâ scho für a Mugg tödlich sei.

A GLÜHBIRNLE BLEIBT EMMER
AN DR GLEICHA SCHDELL,
AU WENN'S DURCHBRENNT.

Manche Ärzt ganget oim ganz schee an d' Niera!

Hasa esset bloß ogern a Supp – obwohl se dauernd zwoi Löffl mit sich romtraget.

A Dampfbad brengt ieberhaupt nix, weil dr Dampf drvo au net saubrer wird!

EN MUSKLKATER ISCH AU NET STÄRKER ALS A GANZ NORMALE KATZ.

Dees isch ieberhaupt nix Schlemms, wenn en Hausmoischtr älle Mieterinna dr Hof macht.

**Wenn Schäfla ond Ziega mähet,
wird drom dr Rasa net kürzr!**

SCHDROSSAVERKEHR
FORDERT WESENTLICH
MEEH OPFR ALS
GSCHLECHTSVERKEHR.

Au dr greeschte Quadratschädl isch rond!

*En Friedhofswärter goht
für sein Beruf ieber Leicha.*

Orangasaft glotzt bloß so
ernscht aus em Tetrapack, weil 'r
so arg konzentriert isch.

OND WENN DEES TÖPFLE NO SO
SAUBR ISCH – EM RUHRPOTT
KÂ MR EMMER ESSEN FENDA.

**A Haftcreme hebt uff koin Fall
so guad wie Handschella.**

Fascht älle Boxer
sen blauäugig.

OFT SEN OWETTER EM ÂZUG –
ABER DIE HEN KOINE KRAWADDA Â!

**Ordnung isch 's halbe Läba.
Die andre Hälft beschdoht aus Sucha.**

*En Flohwalzer isch
koi Apparätle zom
Heemacha von Ogeziefer!*

FÜR KANTINENKÖCH ISCH'S
GAR NET SO OIFACH,
EN GANZA SAAL ZOM KOCHA
ZU BRENGA.

Pudlmütza werdet bloß ganz selta
von dene Hond selber traga.

TAMPONGS
SEN EN DR REGL ROT.

Älle Fisch könnet onder Wassr ieberläba.

En Soiltänzr kâ sich koin oinziga Seitaschbrong leischta.

Tageszeidonga kâ mr au en dr Nacht läsa.

Küh schterbet net, wenn se ens Gras beißet.

RAUBVÖGL KÖNNET AU GANZ NORMAL KAUFT SEI.

Bei de Chinesa gibt's au en Haufa Schlitzohra!

Uff Verrechnongsschecks sottet eigendlich bloß korrekte Beträg eitraga werda.

Womeeglich kommts deswäga zu so viele Ofäll, weil dr Mensch dengd ond Gott lengd.

Au dr ällertrockenschte Sekt
isch emmer no ganz schee nass!

FAST FOOD MUASS
MR IEBERHAUPT NET
SCHNELL ESSA!

**Dr Wal gheert zu de Säugetier –
dr Hereng zu de Brâtkartoffla.**

Net jeder Galgavogl kâ senga.

*Hondert Brozend von
de Witwer sen männlich.*

DR KAFFEESATZ MUASS WEDER SUBJEKT
NOCH PRÄDIKAT HAN.

GRAUE ZELLA TRETET
VERMEHRT EM GFÄNGNIS UFF.

Glatzköpf hen a ausgfallene Frisur.

Windmühla sen überflüssig, weil dr Wind scho von Naduur aus ganz fei gmahla isch.

AUSGSCHDOBFTE VIECHER SEN VIEL SCHWERER ZOM TRAINIERA ALS LEBENDICHE.

Für Pilota vergoht d' Arbeitszeit wie em Fluag.

En Russland wird d' Tempradur net en Leningrad gmessa – sondern en Celsius.

Kugla kâ mr net umwerfa.

A REGIERUNGSBILDONG KÂ GANZ SCHEE LANG DAURA, WENN DIE REGIERUNGSMITGLIEDR OGEBILDET SEN.

Zierfisch zieret sich gar net so, wie mr denkt – die fummlet ond laichet ganz schee.

Beim Fuaßball derf mr bei ma Ausscheidungsschbiel uff gar koin Fall sei Gschäft uff dr Rasa macha!

Alde Sofas setzet sich emmer meeh durch.

FISCH KÖNNET LAICHA, ABER LEICHA KÖNNET NET FISCHA.

Boxkämpf endet meischtens k.o.tisch!

WACHHOND SEN GANZ GROSSE LÜGNR, WEIL SE EBA DOCH EMMER WIEDER SCHLOOFET.

DEES MIT DEM
REGELMÄSSIGA
STUHLGANG ISCH
BLOSS A MÄRCHEN –
WEIL SCHDIAHL JA
GAR NET LAUFA KÖNNET.

En Doppelgängr
braucht koine vier Haxa!

En Gwohnheitsverbrechr handlt en 95 Brozend aus Gwohnheit – en Sittlichkeitsverbrechr bloß en 0,1 Brozend aus Sittlichkeit.

Au 's dichteste Verkehrsnetz brengt nix, weil's ja uff de Schdrooßa ieberhaupt koine Fisch gibt!

KATZA KÖNNET AU BEI
VÖLLIGER DONGLHEIT HÖRA.

Au Zahnärzt,
die koi Loddo schpielet,
gwennet bei jeder
Ziehong.

Auspuff isch net dr Ausgang
aus ma Freudahaus.

A ALPAÜBERQUERONG UFF
DR SCHDREGG FRANKFURT-
SCHDUAGERT WÄR EN
SAUMÄSSIGR OMWEG.

**Fraua sen bei de meischte
Schönheitspackonga ganz
schee âgschmiert.**

EN LAUSBUA
MUASS IEBERHAUPT KOI
OGEZIEFER HAN.

Leut mit hohe Absätz hen en bsonders
hoha Papierverbrauch beim Schreiba.

*Hundesteuer isch Quatsch –
weil Hond mit ihre Pfota
so a groß' Lenkrädle nie
em Läba heba könnet!*

Polizischta deen ab ond zua Luft schnabba, obwohl die gar nix verbrocha hot.

Bei de Jugendliche gibt's emmer meeh Aussteiger – vor ällem an Halteschdella ond Bahnhöf.

Schterba isch die weltweit verbroitetschte Todesursach.

JE LÄNGER EN HOND ROMLIAGT, DESTO WAHRSCHEINLICHR ISCH'S, DASS 'R BALD UFFSCHDOHT.

A Fenschterscheib kâ mr en Packbabier eischlaga – ohne dass se zerbricht.

SOLDATA ENTWICKLET OFT GROSSE STREITKRÄFT – VOR ÄLLEM WENN SE BSOFFA EN DE WIRTSHÄUSR HOCKET.

En Bärtiger isch en Mâ
mit Haar em Gsicht –
ond koi Kreuzong von zwoi Raubtier.

AU VEGETARIER KÖNNET
FLOISCHLICHE GELÜSCHTE HAN.

**Wenn d' Bremsa versaget,
nutzt en Anhalter ieberhaupt nix!**

*Affatempo isch koi
Papierdaschadiechle
fier Schimpansa
ond Gorillas.*

Bei Riesaslalom dürfet älle mitmacha –
egal wie groß se sen.

SCHBINNA BRAUCHET BEIM
EIKAUFA KOINE GUGGA,
WEIL SE EMMER IHR OIGENS
NETZ DRBEIHEN.

Älle 60 Sekonda vergoht em Ländle a ganze Minut.

DR WASSERSCHBIEGEL ISCH
EN VÖLLIGER BLEEDSENN –
WEIL KOINER SICH BEIM
SCHWEMMA ÂGLOTZA WILL.

**Net älle Schiff,
die auslaufet, sen Öltanker.**

EM SCHTANDESAMT
GIBT'S AU
SCHDIAHL!

*Wassr kâ mr trinka –
mr kâ's aber au lassa.*

Elfen sen au manchmôl
bloß zu zehnt.

SAU-
BLEEDE
FRÔGA

WAS WOISS
DENN I?!

ABER 'S DÄD
OIN JA SCHO
ENTRESSIERA ...

Worom isch eigendlich nie belegt, wemmer aus Versäh a falsche Nummr wählt?

WANN WIRD ENDLICH DER DISCH ZU MIR HOIM GLIEFERT, DEN I AM TELEFO EN DR WIRTSCHAFT BSCHDELLT HAN?

Schwitzet d' Kiah onder ihre schwarze Flegga meh als onder ihre weiße?

Wenn i mr heut nix vornehm zom Schaffa ond i schaff dees – han i nô äbbes gschafft?

Kâ mr mit Arbeitslose wirglich Arbeit gwenna?

WOHER HOT EIGENDLICH DR ERFINDR VON DR UHR GWISST, WIE SCHBÄT 'S WAR?

Sen Vegetarier, die a Floischtomätle esset, ieberhaupt no Vegetarier?

WER ISCH EIGENDLICH DER BENEFIZ, OND WOROM GIBT DER SO VIELE KONZERTE?

Wenn äbber ällfort lüaga duad, wird der nô schwindelig?

Worom hen blinde Leut en Blindahond? Wär des net besser, wenn der äbbes seha dääd?

Gibt's eigendlich Veegl mit Höhenangscht?

WOROM HOT BLOSS SELBIGSMÔL DR NOAH DIE ZWOI SCHEISS STECHMUGGA NET HEEGMACHT?

Kâ dees gsond sei, wenn Landwirt
scho am früha Morga emmer
d' Sau rauslasset?

WENN I ÄLLAWEIL GERN
KAVIAR ESS, BEN I NÔ
ROGAABHÄNGIG?

Was für en Sehtescht machet eigendlich Analphabeta?

SEN UHRA NET IRGENDWANN BELEIDICHT, WEMMER SE EMMER WIEDER UFFZIEHT?

Hen Gfängnis eigendlich au Solarzella?

Worom werdet Rundschreiba emmer en eckiche Omschläg verschickt?

Wie hoißt dr Bundesdag en dr Nacht, wenns dongl isch?

Wenn en Komiker en dr Knascht muaß – isch dees nô »Lachhaft«?

Derf en Kläffr, der scho amôle a Wurscht schtibitzt hot, ieberhaupt no en Polizeihond werda?

Was für a Schuppaschampoo brauchet Fisch?

A THERMOSKÄNNLE HÄLT GETRÄNK EM WENTER WARM ON DEM SOMMR KIAHL. ABER WOHER WOISS DIE KANN, WANN SOMMR OND WANN WENTER ISCH?

Worom hen Waschmaschee Fenschter, aber Gschirrschbieler net?

KÖNNET WEINGLÄSR AU FREEHLICH SEI?

Kâ mr Damenfahrrädr herralos romschtanda lassa?

WOHER WISSET DIE WILDE TIERLA, DASS SE BLOSS DORT IEBER D' SCHDROOSS GANGA SOLLET, WO PASSENDE SCHILDER SCHTANDET?

Wemmer Problem' mit em Kreislauf hot, kâ mr nô bloß no gradaus dabba?

Worom gibt's Katzafuadr mit Fisch, Huhn, Rind – aber net mit Mausgschmack?

Wenn de overheiratet bisch – bisch ledich. Isch dann en Verheirateter »erledicht«?

WEMMER Z' BLEED ISCH, UM Z' BLEED ZUM SEI – ISCH MR NÔ GSCHEIT?

Wie viele Baim braucht
mr eigendlich für en Wald?

WOROM MUASS
MR SITZA, WEMMER
GSCHDANDA HOT?

**Worom hot des Wort »einsilbig«
drei Silba?**

*Kriagt a Sekretärin
mit 'ra Sauklaue
am Monatsend
eigendlich Schmiergeld?*

Wo fahret Schiff nô,
wenn se uff Aktienkurs sen?

DERF ÄBBER, DER MOSES
HOISST, BEI EBAY MEEH
ALS ZEHN GEBOTE ABGÄBA?

Kâ mr Tanna zapfa?

Wie erkenn i, dass bei 'ra Schildkreet die Beruhigongstablett wirkt?

Wenns heut null Grad hot und morga dopplt so kalt werda soll – was für a Tempradur hemmer nô?

Schmecket Amphibien nach Fisch oder Floisch?

GIBT'S EN MA TEEFABRIKLE EIGENDLICH KAFFEEPAUSA?

Braucht mr für en Genpool a Badkapp?

WAS DUAD EN GOLDSCHMIED MIT OFASSBAR SCHEENE EDELSCHTOI?

Wo genau kâ mr en
ra Steueroase alle meegliche
Arta von Lenkrädr kaufa?

WENN SCHWEMMA SCHLANK MACHT,
WAS MACHET NÔ BLOSS DIE
GANZE BLAUWAL FALSCH?

**Wie kâ dees sei, dass Schiff
beim Eilaufa emmer greeßer werdet?**

WOROM GIBT'S
EIGENDLICH VON
KOIM AUDO
A AUDOBIOGRAFIE?

Wenn mr sich verschluggt,
isch mr nô weg?

*Könnet Tiger,
wenn se Beute schlaget,
au en Löwaâteil kriega?*

Worom hen eigendlich Indianer koin Bart?

Worom wirft en Scheinwerfer eigendlich koine Scheine, sondern Licht?

Wer brengt em Schtorch die Kendr?

MEI PFLÄNZLE HOT EN BLOAMASCHTÄNDR. GIBT'S VON DEM GREANZEUG ALSO DOCH MÄNNLICHE OND WEIBLICHE EXEMPLAR?

WOROM GEHN EIGENDLICH SCHÄFLA MIT IHRER WOLLE NET EI, WENNS REGNET?

A Ent

mit bloss oim
Haxa – schwemmt
die em Kreis?

GOHT DÂ DR
MEERESSCHBIEGL ARG HEE,
WEMMER EN SEE STICHT?

Wenn Schaffner schterbet –
liaget die nô en de letschte Züg?

*Mei Messr isch doch
a Streichinschtrument –
aber worom macht
des koi Musik?*

**Worom hoißt des Apparätle
eigendlich Fernseher, obwohl mr
ganz näh davorhoggd?**

WAS BASSIERT EIGENDLICH,
WEMMER SICH ZWOIMÔL
HALBER HEE LACHT?

Wenn i am Schtrand a schees
Mädle âbagger, die dees bleed fendet –
kriag i nô en Schtrandkorb?

Worom muaß mr dr Deggl
von ma Sarg eigendlich zuanagla?

WAS HEN SCHMETTERLENG EM RANZA, WENN SE VERLIEBT SEN?

**Worom schdenget Fisch so arg,
obwohl se 's ganze Läba lang badet?**

Wenn a Partei opartеiisch isch, isch se denn nô no a Partei?

Dürfet Vegetarier Fruchtfloisch essa?

KÂ MR MIT MA NAVI AU
ZU SICH SELBR FENDA?

**Worom sen Droga verbota,
obwohl an viele Türa »Drugga«
oder »Zieha« schdoht?**

Wie laut kâ en
Musklkatr schnurra?

WEMMER DR FEUERWEHR
EN HAUFA GELD ZUAKOMMA
LASSA MECHT – ISCH NÔ VIELLEICHT
A BRANDSCHTIFDONG SENNVOLL?

Worom feirat mir emmer
dann Weihnachta, wenn die Gschäft
so voll sen?

Wenn Hasapfota
Glügg brenget – worom
werdet nô so viele Hasa
ieberfahra?

Gibts eigendlich en ma Land
mit Lenksverkehr au en Rechtsweg?

WIE KÂ DEES SEI,
DASS MR SICH TOTLACHT OND
HENDERHER EMMER NO LEBT?

Wo hot 's Schneewittchen eigendlich ihre zwoi Schi schdanda?

WOROM SEN FORTGEBILDETE LÄHRER EMMER NO DA?

Wenn dr Küchachef zum Dokter goht, kriagt der nô dort a neus Kochrezept?

Worom werdet die beim Schreiba emmer kürzer, obwohl se Wachsmalstift hoißet?

Sen älle Leut, die an dr Kass en dr Schlang schtandet, Angestellte?

WOROM SEN GELDSCHAI NET AUS KOHLEBABIER?

Worom miaßet Studenta nach 'ra Vorlesong älles nommol nachlesa?

Wie sieht eigendlich
so a Kebab-Tierle aus, wenns
no lebendich isch?

SEN LESERATTA EIGENDLICH
DIE VERSUCHSTIERLA
VON BUCHVERLÄG?

**Worom sen frieher aus
de Affa Menscha gworda –
ond jetzt nemme?**

KÖNNT MR STATT BLUATGEFÄSS
AU ANDRE GFÄSS VERWENDA –
ZOM BEISCHBIEL VASA?

Wie kommt des
»Betreten verboten«-Schildle
midda uff dr Rasa?

*Könnet Schtammgäscht
ieberhaupt uff en greana
Zweig komma?*

**Wenn en Mâ äbbes woiß
ond koi Frau en dr Nähe isch,
hot'r nô trotzdem orecht?**

*Worom kâ eigendlich
en feuerschbeiender
Drache seine Kerza uff
em Geburtsdaagstörtle
net ausblôsa?*

Derf mr sich mit Handtüchr
eigendlich au d' Fiaß abtrockna?

WAS MACHT A
SYNCHRONSCHWIMMERE, WENN
IHR PARTNERIN VERSAUFT?
MUASS DIE NO AU VERSAUFA?

**Worom isch em Eigelb
meeh Eiweiß als em Eiweiß?**

SCHWEBET FRAUA EIGENDLICH EN LEBENSGFAHR,
WENN SE EN LEBENSGFÄHRTE HEN?

KÂ EN RECHTER WENKL AU NACH LENKS GANGA?

Wemmer a Buchstabasupp
wieder auskotzt – isch des nô
gebrochas Deutsch?

WOROM ISCH UFF DEM
DECKELE VON DR SAURA
SAHNE A VERFALLSDATUM?

**Kâ d' Wettrvorhersag
au Geldrega vorherseha?**

*Hätt Kolumbus
Ameriga ieberhaupt
iberseha ond verfehla
könna, bei dene viele
Hochhäusr dort?*

Worom trächt eigendlich
en Kamikaze-Pilot en Helm
uff em Meggl?

Was für a Soif
braucht mr für a
Gehirnwäsch?

Wie hot eigendlich dr Blenddarm froeher ghoißa, wo 'r no äbbes gsäha hot?

DERF EN ZAHNARZT AU EN DR NAS BOHRA?

Worom gibt's en dr Gärtnerei koine Purzlbaim?

WAS ZÄHLET SCHÄFLA, WENN SE NET EISCHLÔFA KÖNNET?

Wie sich wohl des Tröpfle fühlt, des wo 's Fass zom Ieberlaufa brengt?

Worom hoißet Dampfnudla eigendlich Dampfnudla, obwohl se gar net wie Nudla aussehn, sondern wie Klöß?

Worom isch 'n Wintereibruch net strafbar?

Wenn en Wissaschaftler
a Sandwich macht, isch dees
nô wissaschaftlich belegt?

Was macht eigendlich
en Psycholog bei
ma Gebäudekomplex?

**Wie schbät isch's eigendlich
am Nordpol?**

WOROM SEN
PIZZASCHACHTLA ECKICH?

Wenn d' Schtifdong Warateschtt
Vibratora teschtet, isch nô »befriedignd«
bessr als »guad«?

WOROM GOHT MR ZUA MA
ROCKKONZERT EN HOSA?

**Isch vier ond vier sieba,
wemmer net acht gibt?**

Könnet Glatzköpf au Glückssträhna han?

Gibt's eigendlich eigfloischte Vegetarier?

Was soll a Bäuerle do, wenn sei Frau secht: »Guck, dass de Land gwennsch!«?

Wenn en Musikant sein Notaschlüssl verliert, muaß der nô zom Schlüssldienscht?

Isch dr passende Geburts-daagskuacha für en Informatikr eigendlich dr Googlehupf?

WOROM HOT EM NOAH KOINER VERZÄHLT, DASS DIE ZWOI DINOSAURIER SCHWUL SEN?

Kaufet Ketta-Raucher älles beim Juwelier?

Hen Zebras eigendlich
schwarze oder weiße Schtroifa?

WENN EN BISCHOF
NET BI WÄR, DÄD 'R
NÔ HETEROSCHOF HOISSA?

**Hen Menscha
mit Sommerschbrossa em
Winter Winterschbrossa?**

WOROM GIBT'S EN MA FLIEGER
KOINE FALLSCHIRM,
SONDERN SCHWEMMWESCHTA?

Wolle isch kratzich wie Sau.
Wie haltet dees d' Schoof bloß aus?

*Worom muaß mr Handtüchr
wäscha, wemmer mr bloß
emmer frisch gwäschne
saubre Händ drâ abtrocknt?*

Worom hoißt eigendlich
koin oinziger Kerle mit dem Nama Mark
seit dr Währongsreform Euro?

WIE HILFT MR GLÜHBIRNA
AM BESCHTA, WENN SE
LAMPAFIEBER HEN?

**Wie schaffet dees
die Schauschbieler en de Film bloß,
dass vor dene Häusle, wo se nôfahret,
emmer a Parkplätzle frei isch?**

OB DES SICH FÜR EINTAGSFLIEGA LOHNT,
A TAGEBÜCHLE ÂZOMFANGA?

Wo isch bei ma Baum
eigendlich henda?

*Kâ mr eigendlich
em Kendergarta
au hogga bleiba?*